PARIS. — TYPOGRAPHIE DE Mme Ve DONDEY-DUPRÉ,

Rue Saint-Louis, 46, au Marais.

FABLES

DE

FLORIAN

PARIS

MADAME VEUVE T. MAYER,

22, RUE DE LA VIEILLE-MONNAIE.

——

1852

Les deux Voyageurs.

Le compère Thomas et son ami Lubin
Allaient à pied tous deux à la ville prochaine.
    Thomas trouve sur son chemin
    Une boūrse de louis pleine ;
Il l'empoche aussitôt. Lubin, d'un air content,
    Lui dit : Pour nous la bonne aubaine !
    Non, répond Thomas froidement,
Pour nous n'est pas bien dit, *pour moi* c'est différent.
Lubin ne souffle plus ; mais, en quittant la plaine,
Ils trouvent des voleurs cachés au bois voisin.
    Thomas tremblant, et non sans cause,

Dit: Nous sommes perdus! Non, lui répond Lubin,
Nous n'est pas le vrai mot; mais *toi* c'est autre chose.
Cela dit, il s'échappe à travers les taillis.
Immobile de peur, Thomas est bientôt pris:
    Il tire la bourse et la donne.

Qui ne songe qu'à soi quand sa fortune est bonne,
    Dans le malheur n'a point d'amis.

Le Chat et le Miroir.

Philosophes hardis, qui passez votre vie
A vouloir expliquer ce qu'on n'explique pas,
    Daignez écouter, je vous prie,
    Ce trait du plus sage des chats.
    Sur une table de toilette
    Ce chat aperçut un miroir;
Il y saute, regarde, et d'abord pense voir
    Un de ses frères qui le guette.
Notre chat veut le joindre, il se trouve arrêté.
Surpris, il juge alors la glace transparente,
    Et passe de l'autre côté,
Ne trouve rien, revient, et le chat se présente.
Il réfléchit un peu : de peur que l'animal,
    Tandis qu'il fait le tour, ne sorte,
Sur le haut du miroir il se met à cheval,
Une patte par-ci, l'autre par-là ; de sorte
    Qu'il puisse partout le saisir.
    Alors, croyant bien le tenir,
Doucement vers la glace il incline la tête,

Aperçoit une oreille, et puis deux... A l'instant,

     A droite, à gauche, il va jetant

     Sa griffe qu'il tient toute prête :

Mais il perd l'équilibre, il tombe et n'a rien pris.

     Alors, sans davantage attendre,

Sans chercher plus longtemps ce qu'il ne peut comprendre,

Il laisse le miroir et retourne aux souris :

Que m'importe, dit-il, de percer ce mystère ?

     Une chose que notre esprit,

Après un long travail, n'entend ni ne saisit,

     Ne nous est jamais nécessaire.

Le Calife.

Autrefois dans Bagdad le calife Almamon
Fit bâtir un palais plus beau, plus magnifique,
Que ne le fut jamais celui de Salomon.
Cent colonnes d'albâtre en formaient le portique ;
L'or, le jaspe, l'azur, décoraient le parvis ;
Dans les appartements embellis de sculpture,
Sous des lambris de cèdre, on voyait réunis
Et les trésors de luxe et ceux de la nature,
Les fleurs, les diamants, les parfums, la verdure,
Les myrtes odorants, les chefs-d'œuvre de l'art,
    Et les fontaines jaillissantes
    Roulant leurs ondes bondissantes
    A côté des lits de brocart.
Près de ce beau palais, juste devant l'entrée,
Une étroite chaumière, antique et délabrée,
D'un pauvre tisserand était l'humble réduit.
    Là, content du produit
D'un grand travail, sans dette et sans soucis pénibles,
    Le bon vieillard, libre, oublié,

Coulait des jours doux et paisibles,
      Point envieux, point envié.
      J'ai déjà dit que sa retraite
      Masquait le devant du palais.
Le vizir veut d'abord, sans forme de procès,
      Qu'on abatte la maisonnette ;
Mais le calife veut que d'abord on l'achète.
Il fallut obéir : on va chez l'ouvrier,
On lui parle de l'or. Non, gardez votre somme,
      Répond doucement le pauvre homme ;
Je n'ai besoin de rien avec mon atelier ;
Et quant à ma maison, je ne puis m'en défaire ;
C'est là que je suis né, c'est là qu'est mort mon père,
      Je prétends y mourir aussi.
Le calife, s'il veut, peut me chasser d'ici,
      Il peut détruire ma chaumière ;
      Mais, s'il le fait, il me verra
Venir chaque matin sur la dernière pierre
      M'asseoir et pleurer ma misère.
Je connais Almamon, son cœur en gémira.
Cet insolent discours excita la colère
Du vizir, qui voulait punir ce téméraire
Et sur-le-champ raser sa chétive maison.
      Mais le calife lui dit : Non,
J'ordonne qu'à mes frais elle soit réparée ;

Ma gloire tient à sa durée :
Je veux que nos neveux, en la considérant,
Y trouvent de mon règne un monument auguste :
En voyant le palais ils diront : Il fut grand ;
En voyant la chaumière ils diront : Il fut juste.

Le Chien et le Chat.

Un chien vendu par son maître
Brisa sa chaîne, et revint
Au logis qui le vit naître.
Jugez de ce qu'il devint
Lorsque, pour prix de son zèle,
Il fut de cette maison
Reconduit par le bâton
Vers sa demeure nouvelle
Un vieux chat, son compagnon,
Voyant sa surprise extrême,
En passant lui dit ce mot :
Tu croyais donc, pauvre sot,
Que c'est pour nous qu'on nous aime !

Le Lierre et le Thym.

Que je te plains, petite plante !
Disait un jour le lierre au thym :
Toujours ramper, c'est ton destin ;
Ta tige chétive et tremblante
Sort à peine de terre, et la mienne dans l'air,
Unie au chêne altier que chérit Jupiter,
S'élance avec lui dans la nue.
Il est vrai, dit le thym, ta hauteur m'est connue,
Je ne puis sur ce point disputer avec toi :
Mais je me soutiens par moi-même ;
Et sans cet arbre, appui de ta faiblesse extrême,
Tu ramperais plus bas que moi.

Traducteurs, éditeurs, faiseurs de commentaires,
Qui nous parlez toujours de grec ou de latin
Dans vos discours préliminaires,
Retenez ce que dit le thym.

Le Jeune homme et le Vieillard.

De grâce apprenez-moi comment l'on fait fortune,
Demandait à son père un jeune ambitieux.
Il est, dit le vieillard, un chemin glorieux,
C'est de se rendre utile à la cause commune,
De prodiguer ses jours, ses veilles, ses talents,
        Au service de la patrie.
        — Oh ! trop pénible est cette vie,
        Je veux des moyens moins brillants.
—Il en est de plus sûrs, l'intrigue...—Elle est trop vile.
Sans vice et sans travail je voudrais m'enrichir.
        — Eh bien ! sois un simple imbécile,
        J'en ai vu beaucoup réussir.

La Taupe et les Lapins.

Chacun de nous souvent connaît bien ses défauts;
En convenir, c'est autre chose :
On aime mieux souffrir de véritables maux,
Que d'avouer qu'ils en sont cause.
Je me souviens à ce sujet
D'avoir été témoin d'un fait
Fort étonnant et difficile à croiré.
Mais je l'ai vu, voici l'histoire.

Près d'un bois, le soir, à l'écart,
Dans une superbe prairie,
Des lapins s'amusaient, sur l'herbette fleurie,
A jouer au colin-maillard.
Des lapins! direz-vous, la chose est impossible.
Rien n'est plus vrai pourtant : une feuille flexible
Sur les yeux de l'un d'eux en bandeau s'appliquait,
Et puis sous le cou se nouait.
Un instant en faisait l'affaire.
Celui que ce ruban privait de la lumière
Se plaçait au milieu, les autres alentour

Sautaient, dansaient, faisaient merveilles,

S'éloignaient, venaient tour à tour

Tirer sa queue ou ses oreilles.

Le pauvre aveugle alors, se retournant soudain,

Sans craindre pot au noir, jette au hasard la patte :

Mais la troupe échappe à la hâte ;

Il ne prend que du vent, il se tourmente en vain,

Il y sera jusqu'à demain.

Une taupe assez étourdie,

Qui sous terre entendit ce bruit

Sort aussitôt de son réduit,

Et se mêle dans la partie.

Vous jugez que, n'y voyant pas,

Elle fut prise au premier pas.

Messieurs, dit un lapin, ce serait conscience,

Et la justice veut qu'à notre pauvre sœur

Nous fassions un peu de faveur ;

Elle est sans yeux et sans défense,

Ainsi je suis d'avis... — Non, répond avec feu

La taupe, je suis prise, et prise de bon jeu ;

Mettez-moi le bandeau.—Très-volontiers, ma chère.

Le voici : mais je crois qu'il n'est pas nécessaire

Que nous serrions le nœud bien fort.

—Pardonnez-moi, monsieur, reprit-elle en colère,

Serrez bien, car j'y vois... Serrez, j'y vois encor.

Le Rossignol et le Prince.

Un jeune prince, avec son gouverneur,
    Se promenait dans un bocage,
    Et s'ennuyait suivant l'usage;
    C'est le profit de la grandeur.
  Un rossignol chantait sous le feuillage :
Le prince l'aperçoit, et le trouve charmant ;
Et, comme il était prince, il veut dans le moment
    L'attraper et le mettre en cage.
  . Mais pour le prendre il fait du bruit,
        Et l'oiseau fuit.
Pourquoi donc, dit alors son altesse en colère,
    Le plus aimable des oiseaux
Se tient-il dans les bois, farouche et solitaire,
Tandis que mon palais est rempli de moineaux ?
C'est, lui dit le Mentor, afin de vous instruire
  De ce qu'un jour vous devez éprouver:
    Les sots savent tous se produire ;
Le mérite se cache, il faut l'aller trouver.

L'Enfant et le Dattier.

Non loin des rochers de l'Atlas,
Au milieu des déserts où cent tribus errantes
Promènent au hasard leurs chameaux et leurs tentes,
Un jour, certain enfant précipitait ses pas.
C'était le jeune fils de quelque musulmane
      Qui s'en allait en caravane.
Quand sa mère dormait, il courait le pays.
Dans un ravin profond, loin de l'aride plaine,
      Notre enfant trouve une fontaine,
Auprès, un beau dattier tout couvert de ses fruits.
O quel bonheur ! dit-il, ces dattes, cette eau claire,
M'appartiennent ; sans moi, dans ce lieu solitaire,
      Ces trésors cachés, inconnus,
      Demeuraient à jamais perdus.
Je les ai découverts, ils sont ma récompense.
Parlant ainsi, l'enfant vers le dattier s'élance,
Et jusqu'à son sommet tâche de se hisser.
      L'entreprise était périlleuse ;

L'écorce tantôt nue, et tantôt raboteuse,

Lui déchirait les mains ou le faisait glisser.

Deux fois il retomba ; mais, d'une ardeur nouvelle,

    Il recommence de plus belle,

    Et parvient, enfin, haletant.

    A ces fruits qu'il désirait tant.

    Il se jette alors sur les dattes,

Se tenant d'une main, de l'autre fourrageant,

      Et mangeant

    Sans choisir les plus délicates.

    Tout à coup voilà notre enfant

    Qui réfléchit et qui descend.

    Il court chercher sa bonne mère,

    Prend avec lui son jeune frère,

Les conduit au dattier. Le cadet incliné,

    S'appuyant au tronc qu'il embrasse,

    Présente son dos à l'aîné :

    L'autre y monte, et de cette place,

Libre de ses deux bras, sans efforts, sans danger,

Cueille et jette les fruits ; la mère les ramasse,

Puis sur un linge blanc prend soin de les ranger.

La récolte achevée, et la nappe étant mise,

    Les deux frères tranquillement,

Souriant à leur mère au milieu d'eux assise,

Viennent au bord de l'eau faire un repas charmant.

De la société ceci nous peint l'image :

Je ne connais de biens que ceux que l'on partage.

Cœurs dignes de sentir le prix de l'amitié,

    Retenez cet ancien adage :

    Le tout ne vaut pas la moitié.

—o—o—o—o—o—o o—o—o o o—c—o—o—o o c—o—c—o—o o ›·›—o—o—›—o—o o—o—o—o—o—o—o—o—o—o—o—o—o—› o—›—

La Mère, l'Enfant et les Sarigues (1).

A MADAME DE LA BRICHE.

Vous de qui les attraits, la modeste douceur,
Savent tout obtenir et n'osent rien prétendre,
Vous que l'on ne peut voir sans devenir plus tendre,
Et qu'on ne peut aimer sans devenir meilleur,
Je vous respecte trop pour parler de vos charmes,
    De vos talents, de votre esprit....
Vous aviez déjà peur : bannissez vos alarmes,
    C'est de vos vertus qu'il s'agit.
Je veux peindre en mes vers des mères le modèle,
Le sarigue, animal peu connu parmi nous,
    Mais dont les soins touchants et doux,
    Dont la tendresse maternelle,
    Seront de quelque prix pour vous.
    Le fond du conte est véritable :
Buffon m'en est garant ; qui pourrait en douter ?

(1) Espèce de renard du Pérou. (BUFFON, *Hist. nat.*, tom. IV.)

2

D'ailleurs tout dans ce genre a droit d'être croyable,

Lorsque c'est devant vous qu'on peut le raconter.

Maman, disait un jour à la plus tendre mère

Un enfant péruvien sur ses genoux assis,

Quel est cet animal qui, dans cette bruyère,

    Se promène avec ses petits?

Il ressemble au renard. Mon fils, répondit-elle,

    Du sarigue c'est la femelle;

    Nulle mère pour ses enfants

N'eut jamais plus d'amour, plus de soins vigilants.

La nature a voulu seconder sa tendresse,

    Et lui fit près de l'estomac

Une poche profonde, une espèce de sac,

    Où ses petits, quand un danger les presse,

    Vont mettre à couvert leur faiblesse.

Fais du bruit, tu verras ce qu'ils vont devenir.

L'enfant frappe des mains: la sarigue attentive

    Se dresse, et d'une voix plaintive,

Jette un cri; les petits aussitôt d'accourir,

    Et de s'élancer vers la mère,

En cherchant dans son sein leur retraite ordinaire.

    La poche s'ouvre, les petits

    En un moment y sont blottis,

Ils disparaissent tous; la mère avec vitesse

    S'enfuit emportant sa richesse.

La Péruvienne alors dit à l'enfant surpris :
    Si jamais le sort t'est contraire,
Souviens-toi du sarigue, imite-le, mon fils :
L'asile le plus sûr est le sein d'une mère.

La Brebis et le Chien.

La brebis et le chien, de tous les temps amis,
Se racontaient un jour leur vie infortunée.
Ah ! disait la brebis, je pleure et je frémis
Quand je songe aux malheurs de notre destinée.
Toi, l'esclave de l'homme, adorant des ingrats,
  Toujours soumis, tendre et fidèle,
  Tu reçois, pour prix de ton zèle,
  Des coups et souvent le trépas.
  Moi qui tous les ans les habille,
Qui leur donne du lait et qui fume leurs champs,
Je vois chaque matin quelqu'un de ma famille
  Assassiné par ces méchants.
Leurs confrères les loups dévorent ce qui reste.
  Victimes de ces inhumains,
Travailler pour eux seuls, et mourir par leurs mains,
  Voilà notre destin funeste !
Il est vrai, dit le chien : mais crois-tu plus heureux
  Les auteurs de notre misère ?
  Va, ma sœur, il vaut encor mieux
  Souffrir le mal que de le faire.

Le singe qui montre la lanterne magique.

Messieurs les beaux-esprits, dont la presse et les vers
Sont d'un style pompeux et toujours admirable,
Mais que l'on n'entend point, écoutez cette fable,
        Et tâchez de devenir clairs.

Un homme qui montrait la lanterne magique
            Avait un singe dont les tours
            Attiraient chez lui grand concours ;
Jacqueau, c'était son nom, sur la corde élastique
            Dansait et voltigeait au mieux,
            Puis faisait le saut périlleux,
Et puis sur un cordon, sans que rien le soutienne,
            Le corps droit, fixe, d'aplomb,
            Notre Jacqueau fait tout du long
            L'exercice à la prussienne.
Un jour qu'au cabaret son maître était resté
        (C'était, je pense, un jour de fête),
            Notre singe en liberté
            Veut faire un coup de sa tête.

Il s'en va rassembler les divers animaux
    Qu'il peut rencontrer dans la ville ;
    Chiens, chats, poulets, dindons, pourceaux,
    Arrivent bientôt à la file.
Entrez, entrez, messieurs, criait notre Jacqueau ;
C'est ici, c'est ici qu'un spectacle nouveau
Vous charmera gratis. Oui, messieurs, à la porte
On ne prend point d'argent, je fais tout pour l'honneur.
    A ces mots, chaque spectateur
    Va se placer, et l'on apporte
La lanterne magique ; on ferme les volets,
    Et, par un discours fait exprès,
    Jacqueau prépare l'auditoire.
    Ce morceau vraiment oratoire
    Fit bâiller ; mais on applaudit.
Content de son succès, notre singe saisit
    Un verre peint qu'il met dans sa lanterne.
    Il saisit comment on le gouverne,
Et crie en le poussant : Est-il rien de pareil ?
    Messieurs, vous voyez le soleil,
    Ses rayons et toute sa gloire.
Voici présentement la lune ; et puis l'histoire
    D'Adam, d'Ève et des animaux...
Voyez, messieurs, comme ils sont beaux !
    Voyez la naissance du monde ;

Voyez... Les spectateurs, dans une nuit profonde,
Écarquillaient leurs yeux et ne pouvaient rien voir ;
   L'appartement, le mur, tout était noir.
Ma foi, disait un chat, de toutes les merveilles
     Dont il étourdit nos oreilles,
     Le fait est que je ne vois rien.
     — Ni moi non plus, disait un chien.
—Moi, disait un dindon, je vois bien quelque chose ;
     Mais je ne sais pour quelle cause
     Je ne distingue pas très-bien.
Pendant tous ces discours, le Cicéron moderne
Parlait éloquemment et ne se lassait point.
     Il n'avait oublié qu'un point,
     C'était d'éclairer sa lanterne.

L'Enfant et le Miroir.

Un enfant élevé dans un pauvre village
Revint chez ses parents, et fut surpris d'y voir
    Un miroir.
    D'abord il aima son image;
Et puis, par un travers bien digne d'un enfant,
    Et même d'un être plus grand,
    Il veut outrager ce qu'il aime,
Lui fait une grimace, et le miroir la rend.
    Alors son dépit est extrême;
    Il lui montre un poing menaçant,
    Il se voit menacé de même.
Notre marmot fâché s'en vient, en frémissant,
    Battre cette image insolente;
Il se fait mal aux mains. Sa colère en augmente;
    Et, furieux, au désespoir,
    Le voilà, devant ce miroir,
    Criant, pleurant, frappant la glace.
Sa mère, qui survient, le console, l'embrasse,

Tarit ses pleurs, et doucement lui dit :
N'as-tu pas commencé par faire la grimace
A ce méchant enfant qui cause ton dépit ?
—Oui.—Regarde à présent : tu souris, il sourit ;
Tu tends vers lui les bras, il te les tend de même ;
Tu n'es plus en colère, il ne se fâche plus :
De la société tu vois ici l'emblème ;

    Le bien, le mal, nous sont rendus.

Le Cheval et le Poulain.

Un bon père cheval, veuf, et n'ayant qu'un fils,
        L'élevait dans un pâturage
        Où les eaux, les fleurs et l'ombrage
Présentaient à la fois tous les biens réunis.
Abusant pour jouir, comme on fait à cet âge,
Le poulain tous les jours se gorgeait de sainfoin,
        Se vautrait dans l'herbe fleurie,
Galopait sans objet, se baignait sans envie,
        Ou se reposait sans besoin.
Oisif et gras à lard, le jeune solitaire
S'ennuya, se lassa de ne manquer de rien ;
Le dégoût vint bientôt ; il va trouver son père :
Depuis longtemps, dit-il, je ne me sens pas bien,
        Cette herbe est malsaine et me tue,
Ce trèfle est sans saveur, cette onde est corrompue,
L'air qu'on respire ici m'attaque les poumons ;
        Bref, je meurs si nous ne partons.
— Mon fils, répond le père, il s'agit de ta vie,

A l'instant même il faut partir.
Sitôt dit, sitôt fait, ils quittent leur patrie.
Le jeune voyageur bondissait de plaisir.
Le vieillard, moins joyeux, allait un train plus sage ;
Mais il guidait l'enfant, et le faisait gravir
Sur des monts escarpés, arides, sans herbage,
    Où rien ne pouvait le nourrir.
    Le soir vint, point de pâturage ;
    On s'en passa. Le lendemain,
Comme l'on commençait à souffrir de la faim,
On prit du bout des dents une ronce sauvage.
On ne galopa plus le reste du voyage ;
A peine, après deux jours, allait-on même au pas.
    Jugeant alors la leçon faite,
Le père va reprendre une route secrète
    Que son fils ne connaissait pas,
    Et le ramène à la prairie
Au milieu de la nuit. Dès que notre poulain
    Retrouve un peu d'herbe fleurie,
Il se jette dessus. Ah ! l'excellent festin !
La bonne herbe ! dit-il : comme elle est douce et tendre !
    Mon père, il ne faut pas s'attendre
    Que nous puissions rencontrer mieux ;
Fixons-nous pour jamais dans ces aimables lieux ;
Quel pays peut valoir cet asile champêtre ?

Comme il parlait ainsi, le jour vint à paraître :
Le poulain reconnaît le pré qu'il a quitté ;
Il demeure confus. Le père, avec bonté,
Lui dit : Mon cher enfant, retiens cette maxime :
Quiconque jouit trop est bientôt dégoûté ;
  Il faut au bonheur du régime.

Le Grillon.

Un pauvre petit grillon
Caché dans l'herbe fleurie
Regardait un papillon
Voltigeant dans la prairie.
L'insecte ailé brillait des plus vives couleurs ;
L'azur, le pourpre et l'or éclataient sur ses ailes ;
Jeune, beau, petit-maître, il court de fleurs en fleurs,
    Prenant et quittant les plus belles.
Ah ! disait le grillon, que son sort et le mien
    Sont différents ! Dame nature
Pour lui fit tout et pour moi rien.
Je n'ai point de talent, encor moins de figure ;
Nul ne prend garde à moi, l'on m'ignore ici-bas !
    Autant vaudrait n'exister pas.
    Comme il parlait, dans la prairie
    Arrive une troupe d'enfants :
    Aussitôt les voilà courants
Après ce papillon dont ils ont tous envie.

Chapeaux, mouchoirs, bonnets, servent à l'attraper.
L'insecte vainement cherche à leur échapper,
    Il devient bientôt leur conquête.
L'un le saisit par l'aile, un autre par le corps;
Un troisième survient, et le prend par la tête:
    Il ne fallait pas tant d'efforts
    Pour déchirer la pauvre bête.
Oh! oh! dit le grillon, je ne suis plus fâché;
Il en coûte trop cher pour briller dans le monde.
Combien je vais aimer ma retraite profonde!
    Pour vivre heureux vivons caché.

La Pic et la Colombe.

Une colombe avait son nid
Tout auprès du nid d'une pie.
Cela s'appelle voir mauvaise compagnie,
D'accord ; mais de ce point pour l'heure il ne s'agit.
 Au logis de la tourterelle
 Ce n'était qu'amour et bonheur ;
 Dans l'autre nid toujours querelle,
 OEufs cassés, tapage et rumeur.
Lorsque par son époux la pie était battue,
 Chez sa voisine elle venait,
 Là jasait, criait, se plaignait,
 Et faisait la longue-revue
 Des défauts de son cher époux ;
Il est fier, exigeant, dur, emporté, jaloux ;
De plus, je sais fort bien qu'il va voir des corneilles ;
 Et cent autres choses pareilles
 Qu'elle disait dans son courroux.
 Mais vous, répond la tourterelle,

Êtes-vous sans défauts? Non, j'en ai, lui dit-elle ;

    Je vous le confie entre nous :

En conduite, en propos, je suis assez légère,

Coquette comme on l'est, parfois un peu colère,

Et me plaisant souvent à le faire enrager :

Mais, qu'est-ce que cela? — C'est beaucoup trop, ma chère,

    Commencez par vous corriger;

Votre humeur peut l'aigrir… — Qu'appelez-vous, ma mie?

    Interrompt aussitôt la pie :

Moi, de l'humeur! Comment! je vous conte mes maux,

Et vous m'injuriez! Je vous trouve plaisante :

    Adieu, petite impertinente ,

    Mêlez-vous de vos tourtereaux.

    Nous convenons de nos défauts,

    Mais c'est pour que l'on nous démente.

L'Éducation du Lion.

Enfin le roi lion venait d'avoir un fils ;
Partout dans ses États on se livrait en proie
Aux transports éclatants d'une bruyante joie :
    Les rois heureux ont tant d'amis !
    Sire lion, monarque sage,
Songeait à confier son enfant bien-aimé
Aux soins d'un gouverneur vertueux, estimé,
Sous qui le lionceau fît son apprentissage.
    Vous jugez qu'un choix pareil
    Est d'assez grande importance
    Pour que longtemps on y pense.
Le monarque indécis assemble son conseil :
    En peu de mots il expose
Le point dont il s'agit, et supplie instamment
Chacun des conseillers de nommer franchement
Celui qu'en conscience il croit propre à la chose.
Le tigre se leva : Sire, dit-il, les rois
    N'ont de grandeur que par la guerre ;

Il faut que votre fils soit l'effroi de la terre :

Faites donc tomber votre choix

Sur le guerrier le plus terrible,

Le plus craint après vous des hôtes de ces bois.

Votre fils saura tout s'il sait être invincible.

L'ours fut de cet avis : il ajouta pourtant

Qu'il fallait un guerrier prudent,

Un animal de poids, de qui l'expérience

Du jeune lionceau sût régler la vaillance

Et mettre à profit ses exploits.

Après l'ours, le renard s'explique,

Et soutient que la politique

Est le premier talent des rois ;

Qu'il faut donc un Mentor d'une finesse extrême

Pour instruire le prince et pour le bien former.

Ainsi chacun, sans se nommer,

Clairement s'indiqua soi-même :

De semblables conseils sont communs à la cour.

Enfin le chien parle à son tour :

Sire, dit-il, je sais qu'il faut faire la guerre,

Mais je crois qu'un bon roi ne la fait qu'à regret ;

L'art de tromper ne me plaît guère :

Je connais un plus beau secret

Pour rendre heureux l'État, pour en être le père,

Pour tenir ses sujets, sans trop les alarmer,

Dans une dépendance entière ;
   Ce secret, c'est de les aimer.
Voilà pour bien régner la science suprême ;
Et, si vous désirez la voir dans votre fils,
   Sire, montrez-la-lui vous-même.
Tout le conseil resta muet à cet avis.
Le lion court au chien : Ami, je te confie
Le bonheur de l'État et celui de ma vie ;
Prends mon fils, sois son maître, et, loin de tout flatteur,
   S'il se peut, va former son cœur.
Il dit, et le chien part avec le jeune prince.
D'abord à son pupille il persuade bien
Qu'il n'est point lionceau, qu'il n'est qu'un pauvre chien,
Son parent éloigné. De province en province
Il le fait voyager, montrant à ses regards
Les abus du pouvoir, des peuples la misère,
Les lièvres, les lapins mangés par les renards,
Les moutons par les loups, les cerfs par la panthère,
   Partout le faible terrassé,
   Le bœuf travaillant sans salaire,
   Et le singe récompensé.
Le jeune lionceau frémissait de colère :
Mon père, disait-il, de pareils attentats
Sont-ils connus du roi ? Comment pourraient-ils l'être ?
Disait le chien : les grands approchent seuls du maître,

Et les mangés ne parlent pas.

Ainsi, sans raisonner de vertu, de prudence,

Notre jeune lion devenait tous les jours

Vertueux et prudent ; car c'est l'expérience

Qui corrige, et non les discours.

A cette bonne école il acquit avec l'âge

Sagesse, esprit, force et raison.

Que lui fallait-il davantage ?

Il ignorait pourtant encor qu'il fût lion ;

Lorsqu'un jour qu'il parlait de sa reconnaissance

A son maître, à son bienfaiteur,

Un tigre furieux, d'une énorme grandeur,

Paraissant tout à coup, contre le chien s'avance.

Le lionceau plus prompt s'élance,

Il hérisse ses crins, il rugit de fureur,

Bat ses flancs de sa queue, et ses griffes sanglantes

Ont bientôt dispersé les entrailles fumantes

De son redoutable ennemi.

A peine il est vainqueur qu'il court à son ami :

Oh ! quel bonheur pour moi d'avoir sauvé ta vie !

Mais quel est mon étonnement !

Sais-tu que l'amitié, dans cet heureux moment,

M'a donné d'un lion la force et la furie ?

—Vous l'êtes, mon cher fils, oui, vous êtes mon roi,

Dit le chien tout baigné de larmes.

Le voilà donc venu, ce moment plein de charmes,
Où, vous rendant enfin tout ce que je vous doi,
Je peux vous dévoiler un important mystère !
Retournons à la cour, mes travaux sont finis.
Cher prince, malgré moi, cependant je gémis,
Je pleure, pardonnez, tout l'État trouve un père,
    Et moi, je vais perdre mon fils.

Le Chat et le Moineau.

La prudence est bonne de soi ;
Mais la pousser trop loin est une duperie :
L'exemple suivant en fait foi.

Des moineaux habitaient dans une métairie.
Un beau champ de millet, voisin de la maison,
Leur donnait du grain à foison.
Ces moineaux dans le champ passaient toute leur vie
Occupés de gruper les épis de millet.
Le vieux chat du logis les guettait d'ordinaire,
Tournait et retournait ; mais il avait beau faire,
Sitôt qu'il paraissait, la bande s'envolait.
Comment les attraper ? Notre vieux chat y songe,
Médite, fouille en son cerveau,
Et trouve un tour tout neuf. Il va tremper dans l'eau
Sa patte dont il fait éponge.
Dans du millet en grain aussitôt il la plonge ;
Le grain s'attache tout autour.
Alors à cloche-pied, sans bruit, par un détour,

Il va gagner le champ, s'y couche,

La patte en l'air et sur le dos,

Ne bougeant non plus qu'une souche.

Sa patte ressemblait à l'épi le plus gros ;

L'oiseau s'y méprenait, il approchait sans crainte,

Venait pour becqueter ; de l'autre patte : Crac !

Voilà mon oiseau dans le sac.

Il en prit vingt par cette feinte.

Un moineau s'aperçoit du piége scélérat,

Et prudemment fuit la machine ;

Mais dès ce jour il s'imagine

Que chaque épi de grain était patte de chat ;

Au fond de son trou solitaire

Il se retire, et plus n'en sort,

Supporte la faim, la misère,

Et meurt pour éviter la mort.

Le Roi de Perse.

Un roi de Perse certain jour
Chassait avec toute sa cour ;
Il eut soif, et dans cette plaine
On ne trouvait point de fontaine.
Près de là seulement était un grand jardin
Rempli de beaux cédrats, d'oranges, de raisin :
A Dieu ne plaise que j'en mange !
Dit le roi, ce jardin courrait trop de danger :
Si je me permettais d'y cueillir une orange,
Mes vizirs aussitôt mangeraient le verger.

Le Lièvre, ses Amis et les deux Chevreuils.

Un lièvre de bon caractère
Voulait avoir beaucoup d'amis.
Beaucoup, me direz-vous, c'est une grande affaire;
Un seul est rare en ce pays.
J'en conviens; mais mon lièvre avait cette marotte,
Et ne savait pas qu'Aristote
Disait aux jeunes Grecs à son école admis:
Mes amis, il n'est point d'amis.
Sans cesse il s'occupait d'obliger et de plaire;
S'il passait un lapin, d'un air doux et civil,
Vite il courait à lui: Mon cousin, disait-il,
J'ai du beau serpolet tout près de ma tanière,
De déjeuner chez moi faites-moi la faveur.
S'il voyait un cheval paître dans la campagne,
Il allait l'aborder: Peut-être monseigneur
A-t-il besoin de boire; au pied de la montagne
Je connais un lac transparent
Qui n'est jamais ridé par le moindre zéphyre:

Si monseigneur veut, dans l'instant

J'aurai l'honneur de l'y conduire.

Ainsi, pour tous les animaux,

Cerfs, moutons, coursiers, daims, taureaux,

Complaisant, empressé, toujours rempli de zèle,

Il voulait de chacun faire un ami fidèle,

Et s'en croyait aimé parce qu'il les aimait.

Certain jour que, tranquille en son gîte, il dormait,

Le bruit du cor l'éveille, il décampe au plus vite ;

Quatre chiens s'élancent après,

Un maudit piqueur les excite,

Et voilà notre lièvre arpentant les guérets.

Il va, tourne, revient, aux mêmes lieux repasse,

Saute, franchit un long espace

Pour dévoyer les chiens, et, prompt comme l'éclair,

Gagne pays, et puis s'arrête :

Assis, les deux pattes en l'air,

L'œil et l'oreille au guet, il élève la tête,

Cherchant s'il ne voit point quelqu'un de ses amis.

Il aperçoit dans des taillis

Un lapin que toujours il traita comme un frère ;

Il y court : Par pitié, sauve-moi, lui dit-il,

Donne retraite à ma misère,

Ouvre-moi ton terrier ; tu vois l'affreux péril...

—Ah ! que j'en suis fâché ! répond d'un air tranquille

Le lapin : je ne puis t'offrir mon logement,
    Ma femme accouche en ce moment,
Sa famille et la mienne ont rempli mon asile ;
    Je te plains bien sincèrement ;
Adieu, mon cher ami. Cela dit, il s'échappe,
    Et voici la meute qui jappe.
Le pauvre lièvre part. A quelques pas plus loin,
Il rencontre un taureau que, cent fois au besoin,
Il avait obligé ; tendrement il le prie
D'arrêter un moment cette meute en furie
    Qui de ses cornes aura peur.
Hélas ! dit le taureau, ce serait de grand cœur :
    Mais des génisses la plus belle
Est seule dans ce bois, je l'entends qui m'appelle ;
Et tu ne voudrais pas retarder mon bonheur.
Disant ces mots, il part. Notre lièvre, hors d'haleine,
Implore vainement un daim, un cerf dix cors,
Ses amis les plus sûrs ; ils l'écoutent à peine,
    Tant ils ont peur du bruit des cors.
Le pauvre infortuné, sans force et sans courage,
Allait se rendre aux chiens, quand du milieu du bois,
Deux chevreuils reposant sous le même feuillage
    Des chasseurs entendent la voix :
L'un d'eux se lève et part ; la meute sanguinaire
    Quitte le lièvre et court après.

En vain le piqueur en colère
Crie, et jure, et se fâche ; à travers les forêts
Le chevreuil emmène la chasse,
Va faire un long circuit, et revient au buisson
Où l'attendait son compagnon,
Qui dans l'instant part à sa place.
Celui-ci fait de même ; et, pendant tout le jour,
Les deux chevreuils lancés et quittés tour à tour
Fatiguent la meute obstinée.
Enfin les chasseurs tout honteux
Prennent le bon parti de retourner chez eux.
Déjà la retraite est sonnée,
Et les chevreuils rejoints. Le lièvre palpitant
S'approche et leur raconte, en les félicitant,
Que ses nombreux amis, dans ce péril extrême,
L'avaient abandonné. — Je n'en suis pas surpris,
Répond un des chevreuils : à quoi bon tant d'amis ?
Un seul suffit quand il nous aime.

Les Enfants et les Perdreaux.

Deux enfants d'un fermier, gentils, espiègles, beaux,
    Mais un peu gâtés par leur père,
    Cherchant des nids dans leur enclos,
    Trouvèrent de petits perdreaux
    Qui voletaient après leur mère.
Vous jugez de leur joie, et comment mes bambins
    A la troupe qui s'éparpille
    Vont partout couper les chemins,
    Et n'ont pas assez de leurs mains
    Pour prendre la pauvre famille !
La perdrix, traînant l'aile, appelant ses petits,
    Tourne en vain, voltige, s'approche ;
    Déjà mes jeunes étourdis
    Ont toute sa couvée en poche.
Ils veulent partager, comme de bons amis ;
Chacun en garde six, il en reste un treizième :
    L'aîné le veut, l'autre le veut aussi.
—Tirons au doigt mouillé.—Parbleu non.—Parbleu si.

— Cède, ou bien tu verras. — Mais tu verras toi-même.

De propos en propos, l'aîné, peu patient,

    Jette à la tête de son frère

Le perdreau disputé. Le cadet, en colère,

    D'un des siens riposte à l'instant.

    L'aîné recommence d'autant ;

Et ce jeu qui leur plaît couvre autour d'eux la terre

    De pauvres perdreaux palpitants.

Le fermier, qui passait en revenant des champs,

    Voit ce spectacle sanguinaire,

    Accourt et dit à ses enfants :

Comment donc ! petits rois, vos discordes cruelles

Font que tant d'innocents expirent par vos coups !

De quel droit, s'il vous plaît, dans vos tristes querelles,

    Faut-il que l'on meure pour vous ?

L'Aigle et la Colombe.

A MADAME DE MONTESSON.

O vous qui sans esprit plairiez par vos attraits,
Et de qui l'esprit seul suffirait pour séduire,
Vous qui du blond Phébus savez toucher la lyre,
    Et de l'amour lancer les traits,
    Toute louable que vous êtes,
Je ne vous louerai point; allez, rassurez-vous:
    Ce serait vous mettre en courroux,
Je le sais; cependant les belles, les poètes
Aiment assez l'encens; vous êtes tout cela,
Et vous ne l'aimez point: j'en resterai donc là;
    Mais, ne vous fâchez pas, si j'ose
Parler toujours de vous en parlant d'autre chose.

Un aigle, fils des rois de l'empire de l'air,
    Sur le soleil fixant sa vue,
Ne vivait, ne planait qu'au delà de la nue,
Et ne se reposait qu'aux pieds de Jupiter.
Cet aigle s'ennuyait; le soleil et l'Olympe,

Lorsque sans cesse l'on y grimpe,
Finissent par être ennuyeux.
Notre aigle donc, lassé des cieux,
Descend sur un rocher. Près de lui vient se rendre
Une blanche colombe, aux yeux doux, à l'air tendre,
Et dont le seul aspect faisait passer au cœur
Ce calme qui toujours annonce le bonheur.
L'aigle s'approche d'elle, et, plein de confiance,
Lui raconte son déplaisir.
La colombe répond : Petite est ma science,
Mais je crois cependant que je peux vous guérir ;
Daignez me suivre dans la plaine.
Elle dit, l'aigle part. La colombe le mène
Dans les vallons fleuris, au bord des clairs ruisseaux,
Lui montre mille objets nouveaux,
Le fait reposer sous l'ombrage,
Ensuite le conduit sur de riants coteaux,
Et puis le ramène au bocage,
Où du rossignol le ramage
Faisait retentir les échos :
Ce n'est tout, elle sait encore
Doubler chaque plaisir de son royal amant
Par le charme du sentiment.
De plus en plus, l'aigle l'adore,
Bientôt ils s'unissent tous deux ;

Leur félicité s'en augmente ;

Et, lorsque notre aigle amoureux

Voulait remercier son épouse charmante

D'avoir enfin trouvé l'art de le rendre heureux,

Il lui disait d'une voix attendrie :

Le bonheur n'est pas dans les cieux ;

Il est près d'une bonne amie.

Le Pacha et le Dervis.

Un Arabe, à Marseille, autrefois m'a conté
    Qu'un pacha turc dans sa patrie
Vint porter certain jour un coffret cacheté
Au plus sage dervis qui fût en Arabie.
— Ce coffret, lui dit-il, renferme des rubis,
    Des diamants d'un très-grand prix :
    C'est un présent que je veux faire
    A l'homme que tu jugeras
    Être le plus fou de la terre.
    Cherche bien, tu le trouveras.
Muni de son coffret, notre bon solitaire
S'en va courir le monde. Avait-il donc besoin
    D'aller loin ?
L'embarras de choisir était sa grande affaire :
Des fous toujours plus fous venaient de toutes parts
    Se présenter à ses regards.
    Notre pauvre dépositaire
Pour l'offrir à chacun saisissait le coffret.

Mais un pressentiment secret

Lui conseillait de n'en rien faire,

L'assurait qu'il trouverait mieux.

Errant ainsi de lieux en lieux,

Embarrassé de son message,

Enfin, après un long voyage,

Notre homme et le coffret arrivent un matin

Dans la ville de Constantin.

Il trouve tout le peuple en joie :

—Que s'est-il donc passé? —Rien, lui dit un iman ;

C'est notre grand vizir que le sultan envoie,

Au moyen d'un lacet de soie,

Porter au prophète un firman.

Le peuple rit toujours de ces sortes d'affaires ;

Et, comme ce sont des misères,

Notre empereur souvent lui donne ce plaisir.

—Souvent?—Oui.—C'est fort bien. Votre nouveau vizir

Est-il nommé? — Sans doute, et le voilà qui passe.

Le dervis, à ces mots, court, traverse la place,

Arrive, et reconnaît le pacha son ami.

—Bon ! te voilà ! dit celui-ci :

Et le coffret?—Seigneur, j'ai parcouru l'Asie :

J'ai vu des fous parfaits, mais sans oser choisir.

Aujourd'hui ma course est finie ;

Daignez l'accepter, grand vizir.

La Guenon, le Singe et la Noix.

Une jeune guenon cueillit
Une noix dans sa coque verte;
Elle y porte la dent, fait la grimace... Ah! certe,
    Dit-elle, ma mère mentit
Quand elle m'assura que les noix étaient bonnes.
Puis, croyez aux discours de ces vieilles personnes
Qui trompent la jeunesse! Au diable soit le fruit!
Elle jette la noix. Un singe la ramasse,
    Vite entre deux cailloux la casse,
    L'épluche, la mange, et lui dit :
    —Votre mère eut raison, ma mie,
Les noix ont fort bon goût; mais il faut les ouvrir.
    Souvenez-vous que, dans la vie,
Sans un peu de travail on n'a point de plaisir.

Le Lapin et la Sarcelle.

Unis dès leurs jeunes ans
D'une amitié fraternelle,
Un lapin, une sarcelle,
Vivaient heureux et contents.
Le terrier du lapin était sur la lisière
D'un parc bordé d'une rivière.
Soir et matin nos bons amis,
Profitant de ce voisinage,
Tantôt au bord de l'eau, tantôt sous le feuillage,
L'un chez l'autre étaient réunis.
Là, prenant leurs repas, se contant des nouvelles,
Ils n'en trouvaient point de si belles
Que de se répéter qu'ils s'aimeraient toujours.
Ce sujet revenait sans cesse en leurs discours.
Tout était en commun, plaisir, chagrin, souffrance :
Ce qui manquait à l'un, l'autre le regrettait ;
Si l'un avait du mal, son ami le sentait ;
Si d'un bien au contraire il goûtait l'espérance,

Tous deux en jouissaient d'avance.
Tel était leur destin, lorsqu'un jour, jour affreux !
Le lapin, pour dîner venant chez la sarcelle,
Ne la retrouve plus : inquiet, il l'appelle ;
Personne ne répond à ses cris douloureux.
Le lapin, de frayeur l'âme toute saisie,
Va, vient, fait mille tours, cherche dans les roseaux,
      S'incline par-dessus les flots,
Et voudrait s'y plonger pour trouver son amie.
Hélas ! s'écriait-il, m'entends-tu ? réponds-moi,
      Ma sœur, ma compagne chérie,
      Ne prolonge pas mon effroi :
Encor quelques moments, c'en est fait de ma vie ;
J'aime mieux expirer que de trembler pour toi.
      Disant ces mots, il court, il pleure,
      Et, s'avançant le long de l'eau,
      Arrive enfin près du château
      Où le seigneur du lieu demeure.
      Là, notre désolé lapin
      Se trouve au milieu d'un parterre,
      Et voit une grande volière
Où mille oiseaux divers volaient sur un bassin.
      L'amitié donne du courage.
Notre ami, sans rien craindre, approche du grillage,
Regarde, et reconnaît... ô tendresse ! ô bonheur !

La sarcelle. Aussitôt il pousse un cri de joie ;
Et, sans perdre de temps à consoler sa sœur,
    De ses quatre pieds il s'emploie
    A creuser un secret chemin
Pour joindre son amie, et, par ce souterrain,
Le lapin tout à coup entre dans la volière,
Comme un mineur qui prend une place de guerre.
Les oiseaux effrayés se pressent en fuyant ;
Lui court à la sarcelle, il l'entraîne à l'instant
Dans son obscur sentier, la conduit sous la terre,
Et, la rendant au jour, il est prêt à mourir
    De plaisir.
Quel moment pour tous deux! Que ne sais-je le peindre
    Comme je saurais le sentir !
Nos bons amis croyaient n'avoir plus rien à craindre ;
Ils n'étaient pas au bout. Le maître du jardin,
En voyant le dégât commis dans sa volière,
Jure d'exterminer jusqu'au dernier lapin.
Mes fusils, mes furets ! criait-il en colère.
    Aussitôt fusils et furets
      Sont tout prêts.
Les gardes et les chiens vont dans les jeunes tailles,
    Fouillant les terriers, les broussailles ;
Tout lapin qui paraît trouve un affreux trépas :
Les rivages du Styx sont bordés de leurs mânes ;

Dans le funeste jour de Cannes

On mit moins de Romains à bas.

La nuit vient ; tant de sang n'a point éteint la rage

Du seigneur, qui remet au lendemain matin

La fin de l'horrible carnage.

Pendant ce temps notre lapin,

Tapi sous des roseaux auprès de la sarcelle,

Attendait, en tremblant, la mort,

Mais conjurait sa sœur de fuir à l'autre bord

Pour ne pas mourir devant elle.

— Je ne te quitte point, lui répondait l'oiseau ;

Nous séparer serait la mort la plus cruelle.

Ah ! si tu pouvais passer l'eau !

Pourquoi pas ? Attends-moi... La sarcelle le quitte,

Et revient traînant un vieux nid

Laissé par des canards ; elle l'emplit bien vite

De feuilles de roseau, les presse, les unit

Des pieds, du bec, en forme un batelet capable

De supporter un lourd fardeau ;

Puis elle attache à ce vaisseau

Un brin de jonc qui servira de câble.

Cela fait, et le bâtiment

Mis à l'eau, le lapin entre tout doucement

Dans le léger esquif, s'assied sur son derrière,

Tandis que devant lui la sarcelle nageant

Tire le brin de jonc, et s'en va dirigeant
    Cette nef à son cœur si chère.
On aborde, on débarque, et jugez du plaisir !
    Non loin du port on va choisir
Un asile où, coulant des jours dignes d'envie,
    Nos bons amis, libres, heureux,
    Aimèrent d'autant plus la vie,
    Qu'ils se la devaient tous les deux.

Les deux Lions.

Sur les bords africains, aux lieux inhabités
Où le char du soleil roule en brûlant la terre,
Deux énormes lions, de la soif tourmentés,
Arrivèrent au pied d'un désert solitaire.
Un filet d'eau coulait, faible et dernier effort
    De quelque naïade expirante.
    Les deux lions courent d'abord
    Au bruit de cette eau murmurante.
Ils pouvaient boire ensemble, et la fraternité,
Le besoin, leur donnaient ce conseil salutaire ;
    Mais l'orgueil disait le contraire ;
    Et l'orgueil fut seul écouté.
Chacun veut boire seul : d'un œil plein de colère
    L'un l'autre ils vont se mesurants,
Hérissent de leur cou l'ondoyante crinière ;
De leur terrible queue ils se frappent les flancs,
Et s'attaquent avec de tels rugissements,
Qu'à ce bruit, dans le fond de leur sombre tanière,

Les tigres d'alentour vont se cacher tremblants.

    Égaux en vigueur, en courage,

Ce combat fut plus long qu'aucun de ces combats

Qui d'Achille ou d'Hector signalèrent la rage ;

    Car les dieux ne s'en mêlaient pas.

Après une heure ou deux d'efforts et de morsures,

Nos héros, fatigués, déchirés, haletants,

    S'arrêtèrent en même temps.

    Couverts de sang et de blessures,

    N'en pouvant plus, morts à demi,

Se traînant sur le sable, à la source ils vont boire ;

Mais, pendant le combat, la source avait tari.

Ils expirent auprès.

        Vous lisez votre histoire,

Malheureux insensés, dont les divisions,

    L'orgueil, les fureurs, la folie,

Consument en douleurs le moment de la vie :

    Hommes, vous êtes ces lions ;

    Vos jours, c'est l'eau qui s'est tarie.

La Colombe et son Nourrisson.

Une colombe gémissait
De ne pouvoir devenir mère :
Elle avait fait cent fois tout ce qu'il fallait faire
Pour en venir à bout, rien ne réussissait.
Un jour, se promenant dans un bois solitaire,
Elle rencontre en un vieux nid
Un œuf abandonné, point trop gros, point petit,
Semblable aux œufs de tourterelle.
Ah ! quel bonheur ! s'écria-t-elle :
Je pourrai donc enfin couver,
Et puis nourrir, puis élever,
Un enfant qui fera le charme de ma vie !
Tous les soins qu'il me coûtera,
Les tourments qu'il me causera,
Seront encor des biens pour mon âme ravie :
Quel plaisir vaut ces soucis-là ?
Cela dit, dans le nid la colombe établie
Se met à couver l'œuf, et le couve si bien,

Qu'elle ne le quitte pour rien,

Pas même pour manger; l'amour nourrit les mères.

Après vingt et un jours elle voit naître enfin

Celui dont elle attend son bonheur, son destin,

    Et ses délices les plus chères.

    De joie elle est prête à mourir;

Auprès de son petit nuit et jour elle veille,

L'écoute respirer, le regarde dormir,

    S'épuise pour le mieux nourrir.

    L'enfant chéri vient à merveille,

    Son corps grossit en peu de temps :

    Mais son bec, ses yeux et ses ailes

    Diffèrent fort des tourterelles;

    La mère les voit ressemblants.

    A bien élever sa jeunesse

Elle met tous ses soins, lui prêche la sagesse,

Et surtout l'amitié, lui dit à chaque instant :

    Pour être heureux, mon cher enfant,

Il ne faut que deux points : la paix avec soi-même,

Puis quelques bons amis dignes de nous chérir.

La vertu de la paix nous fait seule jouir;

    Et le secret pour qu'on nous aime,

C'est d'aimer les premiers, facile et doux plaisir.

    Ainsi parlait la tourterelle,

    Quand, au milieu de sa leçon,

Un malheureux petit pinson,
Échappé de son nid, vient s'abattre auprès d'elle.
Le jeune nourrisson à peine l'aperçoit,
Qu'il court à lui: sa mère croit
Que c'est pour le traiter comme ami, comme frère,
Et pour offrir au voyageur
Une retraite hospitalière.
Elle applaudit déjà; mais quelle est sa douleur,
Lorsqu'elle voit son fils, ce fils dont la jeunesse
N'entendit que leçons de vertu, de sagesse,
Saisir le faible oiseau, le plumer, le manger,
Et garder, au milieu de l'horrible carnage,
Ce tranquille sang-froid, assuré témoignage
Que le cœur désormais ne peut se corriger!
Elle en mourut, la pauvre mère.
Quel triste prix des soins donnés à cet enfant!
Mais c'était le fils d'un milan:
Rien ne change le caractère.

Le petit Chien.

La vanité nous rend aussi dupes que sots.
Je me souviens, à ce propos,
Qu'au temps jadis, après une sanglante guerre
Où, malgré les plus beaux exploits,
Maint lion fut couché par terre,
L'éléphant régna dans les bois.
Le vainqueur, politique habile,
Voulant prévenir désormais
Jusqu'au moindre sujet de discorde civile,
De ses vastes états exila pour jamais
La race des lions, son ancienne ennemie.
L'édit fut proclamé. Les lions, affaiblis,
Se soumettant au sort qui les avait trahis,
Abandonnent tous leur patrie.
Ils ne se plaignent pas, ils gardent dans leur cœur
Et leur courage et leur douleur.
Un bon vieux petit chien, de la charmante espèce
De ceux qui vont portant, jusqu'au milieu du dos,

Une toison tombant à flots,

Exhalait ainsi sa tristesse :

Il faut donc vous quitter, ô pénates chéris !

Un barbare, à l'âge où je suis,

M'oblige à renoncer aux lieux qui m'ont vu naître.

Sans appui, sans secours, dans un pays nouveau,

Je vais, les yeux en pleurs, demander un tombeau

Qu'on me refusera peut-être.

O tyran, tu le veux ! allons, il faut partir.

Un barbet l'entendit ; touché de sa misère :

Quel motif, lui dit-il, peut t'obliger à fuir ?

— Ce qui m'y force ? O ciel ! Et cet édit sévère

Qui nous chasse à jamais de cet heureux canton ?...

—Nous ?—Non pas vous, mais moi.—Comment ! toi, mon frère ?

Qu'as-tu donc de commun ?...— Plaisante question !

Eh ! ne suis-je pas un lion (1) ?

---

(1) La petite espèce de chiens dont on veut parler porte le nom de chiens lions.

Le Léopard et l'Écureuil.

Un écureuil, sautant, gambadant sur un chêne,
Manqua sa branche, et vint, par un triste hasard,
    Tomber sur un vieux léopard
    Qui faisait sa méridienne.
Vous jugez s'il eut peur ! En sursaut s'éveillant,
    L'animal irrité se dresse ;
    Et l'écureuil s'agenouillant,
Tremble et se fait petit aux pieds de son altesse.
    Après l'avoir considéré,
Le Léopard lui dit : Je te donne la vie,
Mais à condition que de toi je saurai
Pourquoi cette gaîté, ce bonheur que j'envie,
Embellissent tes jours, ne te quittent jamais,
    Tandis que moi, roi des forêts,
    Je suis si triste et je m'ennuie.
    —Sire, lui répond l'écureuil,
    Je dois à votre bon accueil
    La vérité ; mais, pour la dire,

Sur cet arbre un peu haut je voudrais être assis.

    — Soit, j'y consens : monte.—J'y suis.

    A présent je peux vous instruire.

    Mon grand secret pour être heureux

    C'est de vivre dans l'innocence :

L'ignorance du mal fait toute ma science ;

Mon cœur est toujours pur, cela rend bien joyeux.

Vous ne connaissez pas la volupté suprême

De dormir sans remords ; vous mangez les chevreuils,

Tandis que je partage avec les écureuils

Mes feuilles et mes fruits ; vous haïssez, et j'aime :

Tout est dans ces deux mots. Soyez bien convaincu

De cette vérité que je tiens de mon père :

Lorsque notre bonheur nous vient de la vertu,

La gaîté vient bientôt de notre caractère.

Le Chien coupable.

Mon frère, sais-tu la nouvelle?
Mouflar, le bon Mouflar, de nos chiens le modèle,
Si redouté des loups, si soumis au berger,
    Mouflar vient, dit-on, de manger
Le petit agneau noir, puis la brebis sa mère;
Et puis sur le berger s'est jeté furieux.
    — Serait-il vrai? — Très-vrai, mon frère.
    — A qui donc se fier? grands dieux!
C'est ainsi que parlaient deux moutons dans la plaine;
    Et la nouvelle était certaine.
    Mouflar, sur le fait même pris,
    N'attendait plus que le supplice;
Et le fermier voulait qu'une prompte justice
    Effrayât les chiens du pays.
    La procédure en un jour est finie.
Mille témoins pour un déposent l'attentat :
Récolés, confrontés, aucun d'eux ne varie ;
Mouflar est convaincu du triple assassinat :

Mouflar recevra donc deux balles dans la tête
    Sur le lieu même du délit.
    A son supplice qui s'apprête
    Toute la ferme se rendit.
Les agneaux de Mouflar demandèrent la grâce ;
Elle fut refusée. On leur fit prendre place :
    Les chiens se rangèrent près d'eux,
Tristes, humiliés, mornes, l'oreille basse,
Plaignant, sans l'excuser, leur frère malheureux.
Tout le monde attendait dans un profond silence.
Mouflar paraît bientôt, conduit par deux pasteurs :
Il arrive; et, levant au ciel ses yeux en pleurs,
    Il harangue ainsi l'assistance :
O vous qu'en ce moment je n'ose et je ne puis
Nommer, comme autrefois, mes frères, mes amis,
    Témoins de mon heure dernière,
Voyez où peut conduire un coupable désir !
De la vertu quinze ans j'ai suivi la carrière,
    Un faux pas m'en a fait sortir.
Apprenez mes forfaits. Au lever de l'aurore,
Seul auprès du grand bois, je gardais le troupeau ;
    Un loup vient, emporte un agneau,
    Et tout en fuyant le dévore.
Je cours, j'atteins le loup, qui, laissant son festin,
    Vient m'attaquer : je le terrasse,

Et je l'étrangle sur la place.

C'était bien jusque-là : mais, pressé par la faim,

De l'agneau dévoré je regarde le reste,

J'hésite, je balance... A la fin, cependant,

J'y porte une coupable dent :

Voilà de mes malheurs l'origine funeste.

La brebis vient dans cet instant.

Elle jette des cris de mère...

La tête m'a tourné, j'ai craint que la brebis

Ne m'accusât d'avoir assassiné son fils,

Et pour la forcer à se taire,

Je l'égorge dans ma colère.

Le berger accourait armé de son bâton.

N'espérant plus aucun pardon,

Je me jette sur lui : mais bientôt on m'enchaîne,

Et me voici prêt à subir

De mes crimes la juste peine.

Apprenez tous du moins, en me voyant mourir,

Que la plus légère injustice

Aux forfaits les plus grands peut conduire d'abord ;

Et que, dans le chemin du vice,

On est au fond du précipice,

Dès qu'on met un pied sur le bord.

FIN.

TABLE.

www.ingramcontent.com/pod-product-compliance
Ingram Content Group UK Ltd.
Pitfield, Milton Keynes, MK11 3LW, UK
UKHW021445090726
13657UKWH00003B/1209